Aventuras no FUNDO DO MAR

BICHO ESPERTO

CB126256

EXPEDIENTE

FUNDADOR	Italo Amadio *(in memoriam)*
DIRETORA EDITORIAL	Katia F. Amadio
EDITORA ASSISTENTE	Tayná Gomes de Paula
TEXTO	Tayná Gomes de Paula
ILUSTRAÇÕES	Jacquie Lima
PROJETO GRÁFICO	Rui R. Stüpp
CAPA	Leonel Luiz

EDITORA RIDEEL BICHO ESPERTO

Av. Casa Verde, 455 – Casa Verde
CEP 02519-000 – São Paulo – SP
e-mail: sac@rideel.com.br
www.editorarideel.com.br

Aventuras no FUNDO DO MAR

100 PÁGINAS PARA COLORIR

BICHO ESPERTO

AS SEREIAS SÃO ENCANTADORAS! MARINA É VAIDOSA E ADORA SENTAR-SE NAS PEDRAS PARA ADMIRAR AS ONDAS DO MAR.

HÁ MUITAS CRIATURAS NO FUNDO DO OCEANO.
CIRCULE OS PEIXINHOS E FAÇA UM X NAS ESTRELAS-DO-MAR.

AS ÁGUAS-VIVAS SÃO AMIGAS DAS SEREIAS.

ATIVIDADE

QUANTOS TENTÁCULOS TEM CADA UMA DAS ÁGUAS-VIVAS?

ESQUERDA - ______ DIREITA - ______

RESPOSTA: **ESQUERDA = 6** **DIREITA = 7**

DESENHE UM LINDO SOL PARA DEIXAR A SEREIA MAIS ALEGRE!

QUAL É O ANIMAL MARINHO QUE ESTÁ NADANDO COM A SEREIA?

ATIVIDADE

A. GOLFINHO **B.** BALEIA **C.** TUBARÃO-MARTELO

RESPOSTA: C

O SIRI ADORA NADAR EM MEIO AS BOLHAS DO FUNDO DO MAR. DEIXE O MAIS COLORIDO QUE CONSEGUIR.

ESSA LINDA SEREIA GOSTA DE NADAR COM SEUS AMIGOS. AJUDE-A A IDENTIFICAR SE ESTÁ ACOMPANHADA DE UM GRUPO COM UM NÚMEROS PAR OU ÍMPAR.

ATIVIDADE

____

RESPOSTA:
NÚMERO PAR
6 PEIXES

QUAL É O NOME DA ESPÉCIE DE ANIMAL MARINHO QUE ESTÁ AO LADO DA JOVEM SEREIA?

ATIVIDADE

____

RESPOSTA: **CAVALO-MARINHO**

O PEIXE-ESPADA É UMA ÓTIMA COMPANHIA PARA UM MERGULHO.

É HORA DE TREINAR! CONTORNE O PONTILHADO E TREINE A ESCRITA DA PALAVRA SEREIA.

AMARALINA ADORA ENFEITAR SEU CABELO COM ESTRELAS E PLANTINHAS.

A JOVEM SEREIA ESTÁ APRENDENDO A CONTAR OS NÚMEROS! CONTORNE-OS E AJUDE-A A DESCOBRIR QUANTAS ESTRELAS ESTÃO ENFEITANDO O SEU CABELO.

ATIVIDADE

CUBRA O PONTILHADO DOS NÚMEROS DE 1 À 5.

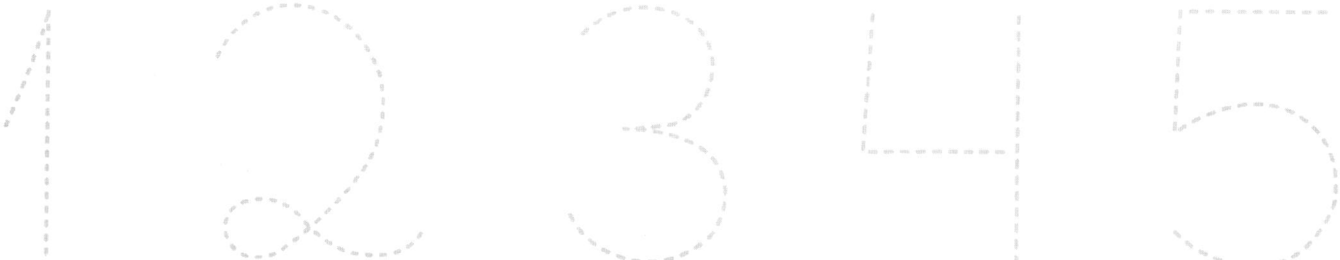

AS SEREIAS SÃO TÃO ENCANTADORAS QUE CONSEGUEM CONQUISTAR ATÉ MESMO CRIATURAS TEMIDAS POR TODOS OS SERES DO OCEANO. CONTORNE E DESCUBRA O ANIMAL.

CIRCULE OS PEIXINHOS QUE ESTÃO CANTANDO E FAÇA UM X NO QUE ESTÁ SORRINDO.

DELFINE É A GRANDE PROTETORA DOS GOLFINHOS.

O SR. POLVO É SEMPRE MUITO GENTIL E ADORA DAR ABRAÇOS COM SEUS TENTÁCULOS!

ATIVIDADE

QUANTOS TENTÁCULOS ELE TEM?

A. 8 **B.** 7 **C.** 6

RESPOSTA: C

VAMOS TREINAR UMA PALAVRA NOVA?

ATIVIDADE

VAMOS TREINAR A CALIGRAFIA DA PALAVRA EM DESTAQUE.

Ternura

QUAL SERIA O NÚMERO DE PEIXINHOS SE A SEREIA ESTIVESSE NADANDO COM UM GRUPO COM O DOBRO DE MEMBROS?

ATIVIDADE

____

RESPOSTA: **10 PEIXINHOS**

ULA COM SEU CABELO TRANÇADO
ENCANTA A TODOS COM TANTA BELEZA.

TODOS ESTÃO NADANDO NA MESMA DIREÇÃO.

ATIVIDADE

INDIQUE A ALTERNATIVA CORRETA

A. DIREITA **B.** ESQUERDA

RESPOSTA: **A**

PINTE COM CORES BEM ALEGRES E DEIXE A SEREIA AINDA MAIS FELIZ EM SEU MERGULHO.

AS OSTRAS PRODUZEM PEQUENAS PEDRAS QUE SÃO MUITO VALIOSAS. VAMOS DESCOBRIR O NOME DELAS?

ATIVIDADE

ALÉROP

RESPOSTA: **PÉROLA**

IARA PERSONAGEM CONHECIDA EM NOSSO FOLCLORE NÃO É A ÚNICA SEREIA DESCENDENTE DOS POVOS INDÍGENAS.

QUAL DOS PEIXINHOS ESTÁ NADANDO COM A JOVEM SEREIA?

ATIVIDADE

A. 

B. 

C. 

RESPOSTA: B

QUANTOS CARANGUEJOS-EREMITAS ESTÃO BRINCANDO COM A SEREIA?

ATIVIDADE

RESPOSTA: 5

DORIS É UMA SEREIA QUE ADORA DANÇAR E CHAMAR TODOS OS PEIXINHOS PARA ACOMPANHÁ-LA.

JÁ CONHECEMOS ESSE SER EM OUTRA PÁGINA COMO ÁGUA-VIVA, PORÉM ELA TAMBÉM É CONHECIDA COMO?

ATIVIDADE

INDIQUE A ALTERNATIVA CORRETA

A. MEDUSA **B.** MERLUSA **C.** MEXILHÃO

RESPOSTA: **A**

A CAUDA DA SEREIA ONDINA FLUTUA NO FUNDO DO MAR. VAMOS COLORIR A CENA?

A CAUDA DESSA LINDA SEREIA É CHEIA DE ESTRELAS. VAMOS APRENDER A DESENHÁ-LAS?

ENCONTRE E CIRCULE O CAVALO-MARINHO QUE ESTÁ VIRADO DE COSTAS.

OS LEÕES-MARINHOS SÃO EXCELENTE COMPANHIA PARA UM MERGULHO.

COMPLETE A CANÇÃO COM O NOME DO ANIMALZINHO QUE ESTÁ CANTANDO COM A SEREIA:

__________________ NÃO É PEIXE __________________ PEIXE É

__________________ SÓ É PEIXE NA ENXENTE DA MARÉ!

ORA PALMA, PALMA, PALMA, ORA, PÉ, PÉ, PÉ,

ORA, RODA, RODA, RODA, __________________ PEIXE É!

RESPOSTA:

CARANGUEJO

NERISSA É MUITO ESPECIAL! ELA TEM O DOM DE SE COMUNICAR COM TODOS OS PEIXINHOS.

DESENHE NO QUADRO EM BRANCO O QUE VOCÊ ACHA QUE A SEREIA ENCONTROU DENTRO DO BAÚ.

DIFERENTE DAS TARTARUGAS TERRESTES, A TARTARUGA-MARINHA TEM A CARAPAÇA MAIS DURA E RESISTENTE, PARA SE DEFENDER DE SEUS PREDADORES.

DESCUBRA A PALAVRA ESCONDIDA.

ATIVIDADE

ARESEI

____

RESPOSTA: **SEREIA**

MARESIA É UMA LINDA SEREIA QUE SE PREOCUPA COM AS QUESTÕES AMBIENTAIS E SEMPRE RECOLHE LIXO QUE VAI PARAR NOS OCEANOS.

JOGO DAS SOMBRAS
QUAL É A SOMBRA QUE REPRESENTA O CARANGUEJO QUE ESTÁ NA CAUDA DA SEREIA?

ATIVIDADE

A. 

B. 

C. 

RESPOSTA: **A**

SIRENA É A LÍDER DOS ANIMAIS DO OCEANO E SEMPRE CUIDA DE TODOS AO SEU REDOR.

ENCONTRE NO DIAGRAMA AS PALAVRAS ABAIXO:

SEREIA **PEIXINHOS** **ESTRELA-DO-MAR** **OCEANO**

ATIVIDADE

J	O	C	E	A	N	O	Y	T	R	E	L	A	R	O
E	S	T	R	E	L	A	-	D	O	-	M	A	R	L
P	E	R	E	I	O	F	U	N	D	A	V	I	O	R
K	L	S	E	R	E	I	A	O	C	I	A	L	E	F
M	A	E	A	N	O	P	E	I	X	I	N	H	O	S

AS BALEIAS SÃO GRANDES
AMIGAS DAS SEREIAS.

AJUDE A SEREIA COMPLETANTO OS NÚMEROS QUE FALTAM NA SEQUÊNCIA

ATIVIDADE

1	2		4	
		8		10

RESPOSTA: 3. 5. 6. 7. 9

PINTE COM CORES VIVAS E DEIXE A CENA BEM ALEGRE.

A SEREIA ESTÁ BRINCANDO COM A ÁGUA-VIVA. DESEMBARALHE A PALAVRA E DESCUBRA A BRINCADEIRA.

ATIVIDADE

ABCLTOHAAM

____

RESPOSTA: **CAMBALHOTA**

É HORA DA ADIÇÃO!
AJUDE A SEREIA A RESOLVER AS ADIÇÕES.

ATIVIDADE

A. 3+5 = _____ **B.** 2+4 = _____

C. 5+4 = _____ **D.** 7+3 = _____

RESPOSTA:
3+5=8 2+4=6
5+4=9 7+3=10

ESSA SEREIA É TÃO MEIGA QUE A PONTA DA SUA CAUDA PARECE UM CORAÇÃO.

COMPLETE A CANÇÃO.

SE EU FOSSE UM PEIXINHO E SOUBESSE NADAR, EU TIRAVA

________________________ DO FUNDO DO MAR.

RESPOSTA:

SUGESTÃO: ESCREVA O NOME DE UM AMIGO.

O GOLFINHO ESTÁ ENSINANDO A SEREIA UM NOVO TIPO DE MERGULHO.

COMPLETE A CENA.
DESENHE DOIS PEIXINHOS PULANDO DA ÁGUA JUNTO COM A SEREIA.

A SEREIA ADORA PENTEAR OS CABELOS À LUZ DO SOL.

OS PEIXES ADORAM NADAR COM A JOVEM SEREIA.

ATIVIDADE

VAMOS TREINAR A CALIGRAFIA DA PALAVRA EM DESTAQUE.

Peixe

QUE TAL USAR TONS PASTÉIS PARA DEIXAR A BEBÊ SEREIA MAIS FOFINHA?

DE TÃO BONITA QUE É ESSA SEREIA PARECE UMA RAINHA! COMPLETE A CENA DESENHANDO UMA COROA E UM CETRO.

AS BELAS TRANÇAS DA SEREIA BALANÇAM LENTAMENTE COM A MARESIA.

DESENHE CONCHAS DO MAR E AJUDA E SEREIA A SE ENFEITAR.

ATIVIDADE

OS PEIXINHOS AMAM QUANDO A SEREIA LÊ UMA HISTÓRIA PARA ELES. QUAL É SUA HISTÓRIA FAVORITA?

OS PÁSSAROS ADORAM DAR BOM-DIA PARA AS SEREIAS. VAMOS TREINAR O NOME DELE?

ATIVIDADE

VAMOS TREINAR A CALIGRAFIA DA PALAVRA EM DESTAQUE.

Papagaio

COMPLETANDO A CENA.
DESENHE CORAIS, A AREIA DO FUNDO DO MAR CHEIA DE ESTRELAS-DO-MAR E MUITAS CONCHINHAS.

LÍRIA ESTÁ SEMPRE FELIZ, ELA ADORA MORAR NO FUNDO DO MAR!

NO OCEANO NINGUÉM FICA SOZINHO.

ATIVIDADE

HÁ QUANTOS PERSONAGENS NESTA CENA?

A. 3 **B.** 2 **C.** 1

RESPOSTA: **A**

QUAIS CORES COMBINAM COM ELA?

HÁ QUANTOS PÁSSAROS CONVERSANDO COM A SEREIA? E QUANTOS PEIXINHOS?

ATIVIDADE

RESPOSTA: **3 PÁSSAROS E 2 PEIXES**

PINTE ESTA LINDA IMAGEM COM SUAS CORES FAVORITAS.

HÁ UM NOME ESPECÍFICO PARA UM GRUPO OU COLETIVO DE PEIXES.

ATIVIDADE

QUAL É?

A. BANDO **B.** MATILHA **C.** CARDUME

RESPOSTA: C

ALÉM DO POLVO, QUAIS OUTROS ANIMAIS TÊM TENTÁCULOS?

ATIVIDADE

____

RESPOSTA: **LULA, ÁGUA-VIVA E ANÊMONA.**

QUAL É A FORMA DO OURIÇO-DO-MAR?

ATIVIDADE

A. ESTRELA **B.** TRIÂNGULO **C.** CÍRCULO

RESPOSTA: C

PINTE CADA CAVALO-MARINHO DE UMA COR E DEIXE O DESENHO BEM VIBRANTE.

AS BALEIAS SÃO UMA EXCELENTE COMPANHIA PARA A HORA DO DESCANSO.

DESEMBARALHE E DESCUBRA O NOME DO ANIMAL QUE ESTÁ ACOMPANHANDO A SEREIA.

ATIVIDADE

RAAIAR

____

RESPOSTA: **ARRAIA**

AS CONCHAS MAIORES GUARDAM LINDAS CANÇÕES PARA ALEGRAR AS SEREIAS.

NADAR MUITO DEIXA O POLVO FELIZ.
VAMOS COLORIR OU ENFEITAR A PALAVRA EM DESTAQUE.

POLVO

AS TARTARUGUINHAS SÃO MUITO SIMPÁTICAS
E ADORAM FAZER NOVAS AMIZADES.

ENCONTRE NO DIAGRAMA O NOME DOS ANIMAIS QUE FAZEM COMPANHIA À SEREIA.

ATIVIDADE

C	A	M	A	R	Ã	O	C	O	L
G	A	R	L	A	G	O	S	T	A
J	F	O	S	T	Ã	P	W	F	J
Y	C	A	R	A	C	O	L	P	O

RESPOSTA:

C	A	M	A	R	Ã	O	C	O	L
G	A	R	L	A	G	O	S	T	A
J	F	O	S	T	Ã	P	W	F	J
Y	C	A	R	A	C	O	L	P	O

QUE TAL COLAR UM POUCO DE GLITTER NO LINDO COCAR DA SEREIA?

A PRINCESINHA DAS SEREIAS TEM UMA FOCA COMO SEU ANIMALZINHO DE ESTIMAÇÃO.

ATIVIDADE

VAMOS TREINAR A CALIGRAFIA DA PALAVRA EM DESTAQUE.

Foca

TODAS AS SEREIAS SÃO LINDAS!

SOBRE OS MARES.

ATIVIDADE

MARQUE **V** PARA VERDADEIRO OU **F** PARA FALSO.

1. AS PRAIAS SÃO GRANDES PORÇÕES DE AREIA QUE DIVIDEM A TERRA DA ÁGUA. **( )**

2. É POSSÍVEL ANDAR SEM AJUDA DE OXIGÊNIO NO FUNDO DO MAR. **( )**

3. ILHAS SÃO PORÇÕES DE TERRA QUE APARECEM EM MEIO AS ÁGUAS. **( )**

RESPOSTA: **V. F. V**

VOCÊ SABIA QUE ESSE PEIXINHO TEM O NOME DE PEIXE-PALHAÇO?

VOCÊ TAMBÉM GOSTA DE ABRAÇAR OS SEUS AMIGOS?

GOLFINHOS SÃO SENSACIONAIS!

VAMOS FAZER UMA COLAGEM?
COLE CASQUINHAS DE LÁPIS DE COR NA CAUDA DA SEREIA PARA ENFEITÁ-LA.

IARA É UMA SEREIA QUE VIVE NOS RIOS DA AMAZÔNIA.

NA NATAÇÃO EXISTE ALGUNS ESTILOS.

ATIVIDADE

MARQUE **V** PARA VERDADEIRO E **F** PARA FALSO EM RELAÇÃO AOS NOMES A SEGUIR:

1. BORBOLETA **(   )** **2.** MARIPOSA **(   )** **3.** PEITO **(   )** **4.** JOELHO **(   )**

RESPOSTA: **V. F. V. F**

JÁ É NOITE E ESTÁ NA HORA DE TODOS DORMIREM.

VOCÊ TAMBÉM SABE TOCAR ALGUM INSTRUMENTO MUSICAL?

MAMÃE E FILHINHA ADORAM BRINCAR DE MUITAS COISAS.

ATIVIDADE

CONTE AQUI DO QUE VOCÊ GOSTA DE BRINCAR COM A SUA FAMÍLIA:

VAMOS COLORIR?

OBSERVE A PALAVRA EM DESTAQUE:

3 5 6 2 4 1

S E R E I A

ATIVIDADE

CADA LETRA CORRESPONDE A UM NÚMERO. DESCUBRA QUAL É O NÚMERO DECIFRANDO O CÓDIGO COMO NO EXEMPLO ABAIXO:

SE = 35 – TRINTA E CINCO

RE = ______________________________

IA = ______________________________

AS = ______________________________

RESPOSTA:
RE: 62 SESSENTA E DOIS.
IA: 41 – QUARENTA E UM.
AS: 13 – TREZE.

ESCOLHA UM NOME PARA CADA TARTARUGUINHA E ANOTE NA LINHA ABAIXO:

ATIVIDADE

A JOVEM SEREIA ADORA FAZER CÓCEGAS NA FOQUINHA.

CIRCULE A OSTRA QUE PRODUZIU UMA PÉROLA.

AS SEREIAS SÃO GRACIOSAS.

A CAUDA DESSA SEREIA É TODA ENFEITADA COM PÉROLAS!

AS SEREIAS AMAM PULAR BEM ALTO ANTES DE MERGULHAR.

DESENHE O QUE A SEREIA ENCONTROU QUANDO MERGULHOU.

O BEBÊ POLVO É O MELHOR AMIGO DESTA SEREIA.

A SEREIA É TÃO GENTIL QUE DONA TARTARUGA
GOSTA DE PASSAR AS TARDES CONVERSANDO COM ELA.

O FILHOTINHO DO TUBARÃO ESTÁ BRINCANDO COM A SEREIA.

ATIVIDADE

VAMOS TREINAR A CALIGRAFIA DA PALAVRA EM DESTAQUE.

Filhote

EMBORA SEJA PARECIDO COM O LEÃO-MARINHO E COM A FOCA ESSE ANIMAL É CONHECIDO POR OUTRO NOME.

ATIVIDADE

PESQUISE E ESCREVA ABAIXO:

RESPOSTA: **MORSA**

VIVA! TODOS ESTÃO ALEGRES NO FUNDO DO MAR!

AS SEREIAS SÃO SERES MÁGICOS.

AGORA É COM VOCÊ!

DESENHE UMA SEREIA COM AS CARACTERÍSTICAS QUE VOCÊ CONSIDERA COMO AS MAIS BONITAS. USE MUITAS CORES E SE QUISER COMPLETE A CENA COM DEMAIS SERES DO OCEANO.